KB110660

반

인문의숲 시선

반

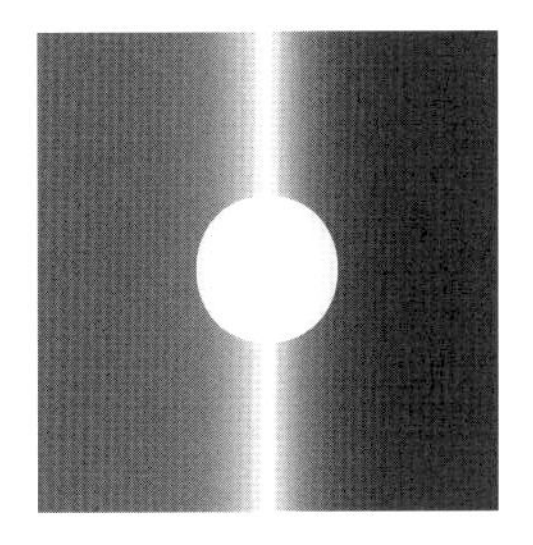

이 운 묵 시집

인문의 숲

■ 시인의 말

뒤돌아보니 삶은 희로애락의 경계를 넘나드는 일 같다, 기쁨과 괴로움도 반씩 오갔고 슬픔과 아픔도 반씩 오갔다. 그렇게 관계의 사이를 오가는 사이 또 많은 후회와 아픔도 있었고 구슬 같은 눈물도 남모르게 흘린 때도 있었다.

또 반반 갈라져서 네 편 내 편의 반목과 갈등으로 사회가 소용돌이에 휩쓸릴 때 같이 넘어지고 깨지면서 사회 정의와 공정을 부르짖기도 했다. 그러는 사이 우린 내 것과 우리 것만 보게 되었고 그들과 저들의 관계는 보려 하지 않았다. 마치 나와 우리만 있으면 아무 문제가 없는 것처럼 상대의 인정과 존중은 등한시했다.

그 관계를 이어주고 확립하는 것이 바로 경계의 영역이다. 그 경계의 반이 내 편이고 또 그 반이 상대편이다. 그 상대를 받아들이지 않고는 온전한 하나는 절대 불가능이다. 오늘 하루도 반은 낮이고 반은 밤이다. 그런데도 우린 그 중요한 것을 까맣게 잊고 살았다는 생각이다.

그동안 우리가 양극의 어느 한 편에 서 있었다면 그 양극의 경계인 중심의 영역에 서보면 어떨까? 새로운 것이 보이겠지 하는 생각에서 이번 시집의 제목을 '반'으로 정했다. 이는 그동안 간과했던 것들을 새롭게 보면서 한 차원 더 높은 곳으로 건너가고자 하는 시선의 함의이다. 그동안 지켜봐 주신 모든 분께 감사를 드리며…

2023년 1월 어느 날 사유의 창가에서

이운묵 합장

차례

■ 2부-꼼지락거리며 피어나는 꽃

■ 3부-동그라미의 산란

■ 4부-바람이고픈 나무

■5부-의식의 미로

1부

불사초의 자식들

뿌리의 생

봄꽃이 만발하는 계절
꽃이 눈 맞추며 환호하는 꽃세상
꽃에 눈 맞추는 세상의 관심사 낙낙한데
이때 토라져 눈물 감추는 뿌리가 있다

마냥 즐거운 꽃과 벌 나비
온종일 꽃 타령이라
자아도취 제멋에 겨워 의기양양 파안대소인데
짧은 해름 속 붉게 타는 페이소스 붉다

지하 암반을 뚫고 올라온 뿌리의 침묵
캄캄한 밤보다도 무겁고 차다
인고의 뿌리를 박는 처연한 업보
왈칵왈칵 눈물 쏟는 生의 항변

뿌리로 산다는 건 아픔을 삭여내는 고행
내생의 근원을 지키는 본질
그래 뿌리로 살자

뿌리가 먼저다

꽃이 폼나게 미소 짓고 있다

자기가 최고라고 자기만 바라보는 시선
하늘 높은 줄 모르고 끝을 쫓는다

모두가 꽃이면 이파리 줄기 뿌리는 누가 해
이파리 줄기 뿌리가 있어서 꽃 피고 향기 뿜는 거지

숨 막히는 지하 어둠의 세계에서 남모르게
내일의 희망 찾아 더듬는 生의 촉수

척박함에 뿌리를 박는 일은 때때로
왈칵왈칵 눈물 쏟는 생의 몸부림

뿌리가 먼저인 거 그것을 알려나 세상의 꽃들
그 뿌리가 있어 세상이 버티는 거지

뿌리로 사는 생의 근본
뿌리가 먼저다

뿌리의 눈물

뿌리에서 눈물은 그냥 눈물이 아니다

이를 악물고 힘차게 밀어 올려야 하는 생명수
그래야 줄기가 살고 잎이 살고 꽃을 피운다

씨앗에서 싹을 틔울 때도 뿌리는 먼저
땅속 깊이 기둥뿌리를 곧추세운다

이렇게 뿌리를 박는 건 아픔과 고통과 본능
척박한 세상에 뿌리를 박는 일은 아픔 그 자체

뿌리의 마디마디가
이리저리 굽는 반근착절(盤根錯節)은
줄기와 이파리 쓰러뜨리지 않으려는 처절한 몸부림

꽃이 필 때 뿌리에선 피눈물을 머금는다
뿌리 없는 나무에 잎이 돋을까

뿌리의 문장들

나무의 뿌리만 뿌리가 아니다
태초 우주 대자연에도 시간의 뿌리가 있었고
대한민국도 고조선 단군왕검의 뿌리가 있었고
현대기술 문명에도 원천기술의 뿌리가 있었지

가정엔 조상님의 뿌리가 있고
사회엔 관계와 질서의 뿌리가 있고
나라엔 규범과 민족의 뿌리가 있고
인간관계엔 인의예지신(仁義禮智信) 인도의 뿌리 있다

천체엔 빛과 어둠의 뿌리가 있고 불의 뿌리가 있고
물에는 생명의 뿌리가 있고 바다엔 염도의 뿌리 있고
바람엔 생기의 뿌리가 있고 구름엔 유랑의 뿌리 있고
천지엔 음양의 뿌리가 있고 음양엔 생명의 뿌리 있다

감성에는 눈물의 뿌리가 있고
이성에는 냉정의 뿌리가 있지
사랑엔 이별의 뿌리가 있고
이별엔 그리움의 뿌리가 있지
삶에는 생과 사의 뿌리가 있고
생과 사의 뿌리는 지금이다

지금은 어제의 뿌리에서 싹 튼 오늘이다

뿌리에선 자연 만물의 생이 문장으로 핀다
오늘과 내일 그리고 미래의 희망을 피워내는 근본
기쁨의 뿌리에서 피어나는 웃음꽃 그 꽃은
생의 가장 아름다운 꽃

담을 넘는 사내

슬금슬금 담(癚)을 넘는 그림자
우연히 마주친 내 시선 따라서 담을 넘는다
학교운동장만 한 삿갓구름 나를 따라와
사라진 사내의 뒤를 쫓는데

어디서 나타났는지 알 수 없는 한 무리의 돌개바람
헐레벌떡 사내의 머리채를 휘어잡는데
이미 사내는 미끄러지듯 허공을 빠져나가고
앞산에 짙은 녹음을 따라 슬금슬금 능선을 넘네

혼돈에 질척거리던 간밤의 불면 눈꺼풀을 짓누르고
참을 수 없는 절망과 고통의 무게 천형처럼 짊어진 채
슬금슬금 생의 5부 능선을 기어오르는 속물의 덩어리
아득한 생의 물마루엔 헤살 맞은 파도가 높게 일고

그렇게 고해의 파고를 넘는 담
이순이 무색한 사내 어찌할꼬 어찌해야 할꼬
쫓기고 쫓기는 조급함만 애달파라

맛 중의 맛

세상에 이밥만 한 밥이 또 있을까

고량진미 산해진미 아무리 좋다 한들
하루 3끼 먹으면 젓가락은 식탁만 맴돌다 돌아눕네
그 맛과 향은 마치 농염하고 세련된 여인의 유혹 같아
그 진귀한 맛에서 눈 코 입을 뗄 수 없지

그 맛은 미각을 자극하고 현혹하는 진미라 해도
안 먹어도 그만 먹어도 그만인 진미일 뿐

맛이라고는 별로 내세울 것이 없는 이밥
달콤한 맛도 상큼한 맛도 아닌 뜨뜻 밋밋한 맛
맛이라고는 전혀 매혹적이지 못한 그 맛
굳이 예찬하자면 부드럽고 담백하고 구수한 숭늉 맛

하지만 그 밥 못 먹으면 큰일이고 안 먹어도 큰일
우리의 생에서 곡기를 끊으면 모든 게 끝

꼭 먹어야 하는 맛 중 최고의 맛은
당연지사 이밥이 최고

존재의 증거

인간은 자연에서
존재의 본성 내면에 소리를 듣는다

들녘에서 소소한 일상을 즐기는 풀벌레 소리
살금살금 툇마루를 기어가는 햇살의 발걸음 소리

깔깔거리며 피어나는 꽃들의 웃음소리
풀과 나무들 얼싸안고 춤추는 바람 소리

깊은 산골짜기에서 전설을 노래하는 물소리
티격태격 화로에서 군밤 익어가는 소리

호호하하 식구들 웃음소리에 귀를 열고 있으면
연하고 부드럽고 다정하고 따뜻한 소리 들린다

우주 안에 가득 찬 신비로움의 소리들
소리는 모든 존재의 증거다

내 안에 가득 찬 소리도

수다쟁이

시간 앞에선 모두가 유성이다
잠시 풀잎에 이슬처럼 반짝이다가 어둠에 스러져가는 별똥별

넌 별이 아니라 별을 낳는 검정의 모태 검정은 너무 깊고 고요해서 그 깊이와 넓이와 두께와 소리마저도 헤아릴 수 없는 오묘한 반야의 경문

넌 수억의 별을 낳고 생육하는 블랙홀 수다쟁이가 되지 않고서는 무명의 고해를 건널 수도 삭혀낼 수도 없는 희로애락의 존재

세상의 모든 색은 이 블랙홀에서 나고 죽는 빛 나무와 바람과 사람도 이 수다쟁이 시간 앞에서는 한없이 부족한 고뇌와 고독 티끌의 존재일 뿐

그 보살행의 공덕에 살아가는 우리 자연들

불사초의 자식들

자연에선 취한 밤이나 낮이나 모두 불사초(不死秒)의 자식이다

빛을 낳은 검정도 검정을 낳은 빛도 너의 자궁을 빌리지 않고는 우주에 충만할 수 없는 존재지 오직 까만 밤하늘의 숲길을 따라 하염없이 똑딱거리며 무한의 미로를 걸어온 길

작열하는 눈 부신 태양도 인간의 본성을 닮은 달도 비를 품은 천둥도 모두 시공간의 갈기를 휘날리며 가늠이 불가한 억겁에 창공을 뚫고 온 유일무이한 존재 불사초 넌 자연의 어떤 현상이나 불협화음도 탓하지 않는 포용과 자애의 어머니였지

기쁘면 기쁜 대로 슬프면 슬픈 대로 아프면 아픈 대로 다시 일어설 수 있도록 보듬고 토닥이며 치유의 방법을 일깨워 준 도량과 아량이 유일한 처방일 뿐 천지를 운행하는 불사초의 바다는 너무 깊고 고요해서 그 깊이와 넓이와 두께와 소리마저도 도무지 헤아릴 수 없는 무한의 신비

자연은 모두 이 검정에서 나고 죽는 윤회의 별 우린 모두 이 오묘하고 신묘한 빛 검정에서 나고 죽는 윤회

의 별 그러나 한없이 부족한 희로애락의 비늘로 파닥이다 스러져가는 한 문장인 것을

*불사초(不死秒)-죽지 않고 돌아가는 초침 또는 영원성의 시간.

풍월(風月) 앞에선

풍월 앞에선 취한 밤도 수치이다
늦바람에 이끌리는 설렘도 시리고 달빛에 얼비치는 미소도 애읍일 뿐

그대와 나 오얏나무 아래에서 백년해로 굳은 언약 청량한 풍월에 취해 술잔을 기울이고 싶었다 힘찬 선요(蟬謠)의 가락에 장단을 맞추는 풍백(風伯)의 감읍한 기개와 군무에 동요되어 하나가 되고 싶었다

시선이 다른 그대와 나 별을 바라보는 그대의 시선이 북쪽으로 훨~훨~ 날고 그것이 하현의 눈물이라는 거 바람의 비가가 되었다는 거 그것이 나의 애가가 되었다는 걸 쓰리게 깨달을 무렵부터다

당신의 날 선 눈빛이 애월의 은빛 잔영으로 찰랑거리며 빛날 때 밤은 더욱 뇌옥의 빗장을 걸어 채웠고 나의 눈먼 울음은 이미 풍월 앞에선 모두 비루한 문장이 되어 비틀비틀 울었다

그리고 난 아직도 짐승의 눈물처럼 생을 애원하는 중

시크릿 가든

빛의 눈물은 빨강이다
어둠을 굴복시키고 상생의 눈물짓는 해소수

비밀의 블랙 우주 암실에서 오로지 빨강만이
시방삼세 오가며 내통하는 시크릿 가든의 주역

꿈틀꿈틀 실명한 자연의 망막에 새 생명을 심고
본성을 깨우며 일어서는 숭고의 시간

새 삶을 잉태하고 낳는 빛 빨강
블랙의 시크릿 가든에서 꿈꾸는 생의 외침

또다시 생의 문장들은 하늘 끝을 난다

사성제

배가 없이는
저 강과 바다를 건널 수 없다

고래 심줄 같은 인내와 집념이 없이는
저 눈물의 바다를 건널 수 없다

바닷물같이 짠 눈물
이 풍진 세상을 견뎌낸 희로애락

모두 지난 시간의 회한과 부끄러움
삼계를 건너야 할 피안의 방주 있으려나

모두 무의미하고 허망한 헛수고
유일한 방법은 딱 하나 사성제*

*사성제(四聖諦)-십이인연과 연관하여 고 · 집 · 멸 · 도로 구성된 불교 교리.

담을 쌓는 그림자

내 앞에 가로 놓인 담(儋)*

나도 모르게 견고하게 쌓아 올린 경계
담을 높인다는 건 바깥을 보지 않겠다는 뇌옥

내가 담을 높일 때
점점 어두워지는 내면 점점 깊어지는 절망

점점 두꺼워지는 무명
무명에선 대명천지도 캄캄한 지옥

고해의 담

* 담(儋)=어리석음

네모의 세상

인류의 문명은 동그라미로 시작했지

문제는 원 안에 숨겨진 네 개의 변이 각이다
그 변이 각이 진화하면서 세상은 네모로 가득해졌다

두부모와 같은 네모의 블록들이
네모의 천국을 만들고 네모의 세상을 열었다

네모의 컴퓨터에서는 끝없이 네모의 문서가 만들어지고
네모의 블록들이 둥근 하늘을 잠식했다

네모에게 자꾸 자리를 내어 주는 원(圓)
원으로 태어나서 원으로 살다가 원으로 돌아갈 원들

모두 네모에 갇혔다
주검까지도 끝내

이 세상 최고의 맛

밥은 이밥이 최고요 술은 막걸리가 최고다

술은 일상의 희로애락을 노래하고 슬픔과 고통을 잊게
하는 신묘하고 영험한 마력
밥은 하루 세끼 눈이 오나 비가 오나 슬프거나 기쁘거
나 잠시도 포도청을 떠날 수 없는 운명

막걸리는 먹고 싶을 때 아무 때나 웃음으로 먹고 눈물
로 먹을 수 있다
이밥은 내 엄마의 가슴에서 끼니마다 치루는 채움의
의식

이밥을 매일 먹으면 좋겠으나 아직 할아버지 기일은
멀기만 하다

빛과 어둠의 문

빛이 방문을 열고 들어 왔다
순간 하나가 둘이 되었다 명암으로 갈려서

문은 빛과 어둠의 경계
기쁨이 나들기도 하고 슬픔이 오가기도 한다
하지만 문은 열릴 수도 있고 열리지 않을 수도 있다

때론 문이 빛을 여닫기도 한다
문 앞에서는 늘 빛과 어둠이 팽팽한 긴장으로 꿈틀거
린다
여명처럼 기쁘다가 황혼처럼 슬프기도 하다

잠금과 열림의 갈증은 늘 덫에 걸린 시간
목마른 사시나무 이파리처럼 파르르 떨다가
심연 깊이 줄을 내렸다 올렸다 거듭한다

명암의 거친 들숨과 날숨이 레일처럼 반짝거리며
끝 모를 평행선을 달린다 천국의 문 쪽으로

그대와 나

소리의 양가성

인류는 소리의 양가성에서 벗어날 수 없다
아픔과 고통 그리고 기쁨 속에서도 자유로울 수 없다

평행의 레일을 질주하는 기차 소리 젖은 머리카락을 말리는 헤어드라이어 소리 아스팔트를 파헤치는 굴착기 소리 컴퓨터 키보드 소리 자동차의 엔진 소리
갈고 문지르고 두드리고 찌르고 때리고 맞는 소리 쏘는 소리 터지는 소리 등등
우리의 일상을 뒤흔드는 아픔의 소리들

자연의 소리에는 기쁨과 즐거움이 있다

들녘에서 소소한 일상을 즐기는 풀벌레 소리 풀과 나무들 얼싸안고 춤추는 바람 소리
살금살금 툇마루 기어가는 햇빛의 소리 호호하하 깔깔거리며 피어나는 꽃들의 웃음소리 깊은 산골짜기에서 전설을 이야기하며 흐르는 물소리 티격태격 화로에서 군밤 익어가는 소리 익은 군밤 호호 불어가며 먹는 소리 식구들 웃음소리엔 모두 모두 행복이 수국처럼 핀다

이 모두 양가성의 사운드

경계를 허무는

누가, 널 여름이라 했는가

적도 중앙 가장 뜨겁게 작열하는
태양의 열정도 탄력 있게 녹음을 살찌우는 초록도 시
원한 분수처럼 뿜어내는 신비의 서늘함도 뜨겁게 포옹
하고 교감하는 자연의 생명도 여름, 네가 없이는
사계의 존재가 무의미하고 재미가 없지

칼라파고스의 눈부신 여름을 노래하는
테네시 윌리암스의 여름도 네가 없었다면 아마 죽은
영혼이었을 거다
여름은 환각의 시간처럼 몽롱해지는 바다 이성과 감성
의 경계를 허물어뜨리는
자유와 낭만

여름이 끝나고 성스러운 종교의 의식처럼
가을의 정열로 불태워 한 줌의 재로 한 줌의 흙이 된
다 해도
그렇게 영면에 들 겨울을 위해서라면

지금 난 아무런 후회가 없다

촉의 페이소스

문장에선 촉이 서기다
촉이 녹슬면 문장도 끝이다
촉을 만나지 못한 문장은 풍류 앞에서도
허당 생원이다

누구에게나 오감과 육감의 촉이 있다
촉은 방어와 공격이 가능한 전천후 B-1B 랜서
정보 감지되면 상황에 맞춰
곧바로 방패였다가 화살이 된다

촉수 길게 뻗어 방어막치고
숱한 주검의 화살을 따돌린 행운의 촉
생을 지켜낸 육감의 방패

예리한 문명의 날에 날로 무디어진 촉
자색이 되어버린 빛
오감과 육감 살리려고 용광로에 피눈물 담금질
첨예함의 끝을 세우려는 페이소스

난 오늘도 문명의 밤과 여전히
대치 중이다

2부

꼼지락 거리며 피어나는 꽃

눈물의 밀도

나는 바다를 이해한다

눈을 뜨고 있으면 세상의 희로애락이 눈물바다에 갇힌다 세상은 그 눈을 통해 밀물과 썰물로 부둥켜안은 눈물바다를 일으켜 세운다 염도는 캄캄한 밤에도 씨앗처럼 단단한 두피를 뚫고 세상 밖 정화의 DNA를 발아한다

발아한 염도의 뿌리는 3.5도의 눈물 주체할 수 없는 고통과 분노와 절망 그리고 기쁨까지도 심해의 저변까지 누관(淚管)을 박는다 그리고 초정밀 감성의 필터로 거르고 걸러 맑고 투명한 정제수를 끌어 올리기 위해 펌프질하는 뜨거운 심장

이 눈물의 정제수가 아니면 정화되고 응축된 기억의 영상은 보존 불가능이다 부패하고 부정 탄 세속의 얼룩과 염증을 그토록 짜디짠 눈물로 펑펑 쏟고 나면 꽉 막혔던 세상사 희로애락의 찌꺼기가 세상 밖으로 녹아내린다

숨을 멈추는 순간까지 내 눈에 간직해야 할 소중한 기억의 영상들 그게 바로 눈물이 짠 이유이니

선각의 퍼포머

나무의 본성은 정착이고 바람의 본성은 유랑이다
본성대로 살지 못하는 나무와 바람
바꾸어 꿈꾸는 장자의 호접지몽

바람과 나무 동질성이 없는 희극의 생
모순의 문장으로 사는 나비와 꽃
바람은 나무를 위해 노래하는 뮤지션
나무는 바람을 위해 춤을 추는 댄서

나무 없는 밤에 바람은
한 몸 누울 곳 없이 떠도는 나그네
나무도 바람 없는 날에 고독은
죽은 듯 뇌옥에 갇히고 마는 따분한 신세

함께 꿈꾸고 깨어나는 정착과 유랑
자연의 무변 광대한 무대에서 열연하는 승무의 주인공
선각의 행위예술

그 꿈

간밤 그 꿈
참으로 황홀지경

깨어나 보니
냉정한 현실

함께 잠들고 싶은 마음에
다시 벌떡 눕지만

또 오려나 그 꿈
꽃 같은 그대

슬럼프

세 평 남짓한 서재

한 귀퉁이에 나를 가둔 속씨름이
제멋대로 혼자 잘도 돌아다닌다

집게 뼘만큼 열린 창문 너머로 떠돌던
세상 이야기들은 말풍선처럼 머릴 디밀고 들어와
빼곡히 꽂힌 책들과 눈을 마주치며 수군덕공론이다

난 그들의 이야기에 관심과 집중을 못 하고
정지된 상념의 영상 하나 키웠다 줄였다를 반복할 뿐
닫힌 문은 시간의 흐름을 잊고 있다
알 수 없는 문장들은 서재가 속씨름 놀이터다

아무래도 오랜 시간이 걸릴 듯하다
슬럼프에 빠진 꿈

다시 깨어나려면

분홍색 보따리-1

분홍색 보따리 하나
밤낮 여인의 꿈 지키는 호위무사
산산이 부서져 세상 밖으로 밀려난 시간
기웃기웃 미지의 세상 기약 없고
오갈 데 없는 건들마의 배회처럼 신산한 하루다
누구든 각자의 손에 들려진 생의 보따리 하나 있지
그 소중한 보따리 끌어안고 울기도 웃기도 하지
그 무게 무거울 수도 가벼울 수도 있지
하지만 그 여인의 분홍색 보따리 속에는
벌겋게 타다남은 온기는 이미 식고 없다
술과 담배, 분노와 증오, 슬픔과 고통, 행복과 불행
그리고 죽음까지도 그 안에 꽁꽁 결박된 채
아무도 건드릴 수 없는 시한포탄
느낄 수 없는 무중력의 질량 때문에 오는 무력감
흐릿한 연민의 시선은 초점을 잃은 지 오래
알 수 없는 집념인지 집착인지
그 보따리 풀 기미 없고 뜨끈 거리는 아스팔트 위
민달팽이처럼 생의 밑바닥을 핥고 가는
분홍색 보따리

분홍색 보따리-2

음습한 밤안개는
그 여인이 분홍색 보따리와 지나온 삶의 궤적을
독오른 살모사처럼 꿀꺽 통째로 삼켜버렸다
아직 아물지 않은 시간의 저편에서
긁히고 멍든 상처의 시간을 보듬고 있는 역린
그 분홍색 보따리에서는 여인의 질박한 고단함이
매캐한 연기처럼 피어올라 주변을 배회 중이다
얼룩진 니코틴과 타르가 집요하게 목을 조르고
점점 더 폐부 깊숙이 두꺼운 덧칠을 한다
앙상한 뼈마디 드러낸 굶주린 애정과 결핍의 상념들
덧없을 담배 연기를 들이마시고 내뿜지만
더없이 편안한 몽정 자위하며 느꼈을 분홍색 보따리
투박한 살갗 위에 일제히 일서는 세포들
그 누구의 간섭도 필요치 않은 자유의 시간 속에
내일을 방임하며 놓아버리는 방하착의 페르소나
여인의 머리 위로 까마귀 한 마리 울며 난다
무심한 낮달의 미소가 창공에 여여 할 뿐
까마득한 시절 한강 변 벤치의 아릿한 풍경 얼비쳤던
시절
그녀의 꿈과 자유 은빛 강물로 힘차게 흘러라
세상 떠돌던 분홍색 보따리 하나
오늘 밤 온전히 너의 몫으로 잠들라

흑백의 페이소스

드높은 하늘 조각구름 하나 한가롭고
소소리바람 살랑살랑 따사로운 햇살 눈 부시다

일하기 좋고 사색하기 좋은 가을
책 읽기 좋고 여행하기 좋은 가을

아무 생각 없이 놀기 좋고 명상하기 좋은 가을
누군가 연모하기 좋은 계절의 단풍만 형형색색 붉다

카타르시스를 느끼기에 더없이 좋은 계절
하늘과 땅 사이 하염없이 떠도는 흑백의 페이소스

형형색색의 단풍도
다 소용없는 애거니

언제 끝나려나

꼼지락거리며 피어나는 꽃

꼼지락꼼지락 피어나는 꽃
스스로 행복해지려고 울부짖었던 미자바리

스스로 꼼지락거리던 환희의 꽃봉오리 하나
오랜 잉태의 시간 어느덧 만삭이 되었네

갓밝이 빛으로 어둠을 뚫고 일출을 기다리네
펄떡펄떡 심장을 뛰게 하고 숨 쉴 일

귀를 열고, 눈을 뜨고 웃음소리와 행복의 빛을 볼 일
아름답게 피어나 향기롭게 세상을 채우는 일

자연의 숨소리와 나의 웃음소리 환희의 교집합
기적 같은 하루를 살아내는 꽃

우린 모두 꼼지락꼼지락 살아가는
꼼지락거림의 생일세

목무풍요(木舞風謠)

명월에선 정착이나 유랑도 꿈의 무상이다

잠든 무상은 나비가 되어 창공을 날고 깨어난 무상은 장자의 헛꿈으로 허공을 난다 나무의 본성은 정착 바람의 본성은 유랑 본성대로 살 수 없는 비애의 방언 바꿔 꿈꾸는 장자의 호접지몽

정착과 유랑 동질성이 없는 희극 모순의 문장으로 사는 숙명 바람은 나무를 위해 노래하고 나무는 바람을 위해 춤을 추는 선각의 퍼포먼스 한 몸 누울 곳 없는 영원한 떠돌이 바람이 없으면 영원한 춤꾼 나무도 뇌옥에 갇힌다

정착과 유랑 내세의 공덕을 쌓는 몰아지경의 승무
그 덕에 자연이 산다

세탁기와 옷

돌아야 살아간다는 세탁기
한 세상 둘레와 경계 얼마나 가늠했을까

빈 껍데기로 숨 쉴 수 없어서
빨랫감을 품고 살아간다는 굳건한 신념

옷마다 얼룩진 사연 한 폭의 수채화
알 것 같기도 하고 알 수 없는 3차원의 추상화다

세탁기는 가슴속 깊이 품고 있는 얼룩들이
어떻게 만들어졌는지 알듯 말듯 볼만장만하는데

밀폐된 철통 속에서 눈물의 의식을 끝낸 뒤
하얀 미소가 빨랫줄에 나붓나붓 몸을 맡기면

바지랑대 의지한 채 훨훨 외줄 타는 승무가 예술이다
새물내 풍기는 또 다른 생의 시작

빨랫감

가슴으로 품어내며 살아간다는
세탁기는 알고 있다 너의 희로애락을

빨래는 한 생의 둘레와 경계를 허물고
본질로 거듭나는 성스러운 의식

빛바랜 씨줄과 날줄의 간극에 애증을 보태는
독백의 미소도 세찬 물살에 확 씻어내리니

티끌 같은 잡념 한 방울도 남김없이
모두 탈탈탈 탈수를 끝내자

이제 네게 남은 얼룩은 없다
거듭나는 빨랫감 환희

선요(蟬謠)

삐르르 삐르르
내 귀에 정착한 선요

밤낮 고막을 흔드는 매미의 울음소리
때론 아름답고 때론 안쓰럽다

7년의 생이나 100년의 생이나
지나고 보면 모두 똑같은 생

온갖 세상의 잡소리 듣지 말라는
경계와 진언의 주문

그 뜻 모를 리 없는 이명이
내 귓불에 터를 잡고 선요(蟬謠)를 부르네

자연의 순응을 일깨우는 동병상련
딴 세상으로의 접안을 모색하는

생의 변주곡

무타

그저 하다 보니
하게 된 거지

그저 가다 보니
가게 된 거지

그저 좋아하다 보니
좋아하게 된 거지

그저 참다 보니
참게 된 거지

그저 살다 보니
살아진 거지

그렇게 그렇게 된 거지
여기까지

*무타(無他)=다른 까닭이나 이유가 없음.

1인 신파극

1.
굳게 닫힌 도서관 강의실 문
가만사뿐 열고 들어선 가리시니

화들짝 놀란 강의실 고요가 잽싸게
대형 빔프로젝터 스크린 속으로 숨어 버렸네

KF94 마스크 틈새로 새어 나온
무색무취의 헛기침 소리가

고요의 낯선 가분한 행동에 당황하다가
뚝뚝 떨어져 '거리 두기' 의자 밑으로 숨었다

어색하고 낯선 분위기에 적응하지 못하는
의미 없는 미묘한 표정과 미소

잠시 후 있을 비대면의 만남
그 때문이지 1인 신파극의 주인공은

한없이 어색하기만 독백

2.
넓은 강의실의 주인공은 나
강사의 얼굴도 연극배우의 얼굴도 아니다

연극배우는 무대가 곧 삶
넓디넓은 강의실 혼자 덩그러니 앉아

문명의 상자 노트북과 핸드폰 그리고
한 권의 대본만을 마주하고 있다

혼자 말하고 답하고 혼자 웃고 우는
공허한 메아리

빈 의자마다 핀 수강생들의 환한 미소가
인터넷 줌 카메라에 잡혔다 사라졌다

난 1인 신파극의 주인공

인간으로 살아볼래

에이! 머저리 같은 놈들
모든 관계는 상대적이란 걸 몰라
니놈들이 그렇게 무차별적 공격만 안 했어도
우린 니들과 목숨 걸고 싸울 생각은 없었어

너희들도 인간의 문명사회를 살기가 무척 힘들겠지
그렇다고 이렇게 천방지축으로 날뛰면 어떡해
진즉 인간에게 함께 살아가자 손 내밀었으면
우린 니들과 당연히 오케이 했지

이 세상엔 악마 같은 존재들이 무수히 많아
그런데 니들이라고 같이 못살게 뭐 있냐
너희는 인간들 눈에 잘 보이지도 않고
인간들과 문명창달의 경쟁자도 아니잖아

다만 인간의 몸을 전세 낸 집인 양 조용히 사는 거지
그럼 이렇게 목숨 걸 일도 아니고 편했을 거야
니들도 역지사지 인간으로 한번 살아볼래

세상살이 맛 얼마나 매운지

역지사지

니들 말이야
우리 인간이 창조한 피조물이란 걸 알아 몰라

그것도 알지 못하면서 감히 어디다 해코지야
그건 조물주에 대한 예의도 아니고 배은망덕이지

그렇지 물론 너희들도 할 말이 많겠지
맞아 원래는 너흴 탄생시키려는 목적은 아니었지

어찌어찌하다가 본의 아니게 그리된 거지
그렇다고 인간을 탓할 내용은 아냐

원래 우리도 우리가 원해서 태어난 건 아냐
그냥 어찌어찌하다가 태어난 거야

그래도 우린 우릴 낳아준 부모님이나 조물주를
절대 원망하지는 않아 오히려 존경심을 갖고 사랑해

니들도 한번 입장 바꿔 살아보면 알게 될 거야
이 바보 같은 놈들아

그 사실 하나

내 나이 어리고 철없을 때
꽃잎 같던 엄마 갑자기 의식 잃고 쓰러져
정월 초여드레 살 얼음장처럼 차가운 달빛에 실려
뱃사공도 없는 은하수 요단강 노 저어 가셨네

미로 같은 유년의 꼬부랑길 다시 돌아갈 수 없고
겨우 돌고 돌아 지천명의 고갯길 넘고 넘었는데
속절없는 세월 강골로 버티던 무정한 아버지
정월 초삼일 선산 조상님께 하직 인사 북망산천 떠나
가셨지

청춘에 유방암 걸려 서울대학병원서 수술하고
꼬박꼬박 정기 검사 목숨 걸고 받은 셋째 처제
세 살 다섯 살배기 놔두고 치유 불가 4기가 웬 말
착한 처제 이제 반세기 흘렀으니 환생했지요

남북 이산가족 상봉 꿈꾸시던 장인어른
엎어지면 코 닿을 임진강 건너 개성이 고향산천인데
고향 가는 그 꿈 끝내 이루지 못한 채
여주 땅 국립유공자묘역에 입주하셨네

엄마 치맛자락 대신하던 맏형수 힘겹게 한세상 맞서더니
세상사 근심 걱정 다 내려놓고 홀연히 훨훨훨 떠나가고

나와 철학 담론 주고받던 처 외사촌 큰동서 형님
뭐가 그리 급한지 어제가 발인이었네

무서운 코로나-19 기세에도 잘 버티던
동창들의 안타까운 부고 소식도 이따금 들려오고
예로부터 죽고 사는 것이 재천이라 했다지만
사람은 낙화유수 인정은 포구라 하였지

유년 시절 엄마의 죽음을 보고 난 후부터
난 수없이 죽음을 보고 보고 또 보고 살아선지
줄줄이 늘어선 죽음이 내일로 길게 이어지고 있는데
나 이제 눈물 없고 슬픔이 뭔지 아픔이 뭔지 조차도 몰라

오가는 망자의 행여 이제 또 누구려나
다만, 내가 아는 건 앞서간 그 주검의 길로
똑같이 가고 있다는 사실 하나 그 사실 하나를
이제 겨우 깨닫고 있을 뿐

난 아무것도 모르네

여기가 어디

오른다는 것은
생을 새롭게 다짐하고 각오하는 일

계단을 오르거나 산을 오르거나
정상을 향해 오른다는 건 기분 좋은 일

찰나찰나 여기에서 저기로 저기에서 또 저기로
차원 높은 시선으로 건너가기를 하는 것

그런데 모르겠네 나 지금 여기를
여기가 어딘지를

똥이나 싸자

똥을 싼다는 거 그건

어쩜 어둠 속 바다에서 짜디짠 소금물에
몸을 절이고 비틀고 눕히고 일으키고를 반복하며
검푸른 파도와 사생의 결투를 벌이는 일이 아닐까

칠흑 같은 어둠을 뚫고 새벽을 향해 날아가는
날카로운 미소와 날 선 욕망의 오장육부를 돌고 돌아
채워진
창자의 끝까지 말끔히 비워내는 일이 아닐까

똥을 싼다는 거 그건 우리가 아무리 죽을 맛이어도
그 짜릿한 배설의 순간을 무리 없이 마무리하는 일이
아닐까
그렇게 확고히 살아있음을 독하게 입증하는 일일 게다

난 매일 매일 똥을 싸면서 황혼의 노을을 보지
노을이 저리 아름다운 건 똥을 잘 싸고 있기 때문이다
그렇듯 난 똥 싸는 일에 한 점 부끄러움이 없다

그러므로 비로소 난 세상근심 다 내려놓는
어른 아이가 되어간다

3부

동그라미의 산란

풍백 · 운사 · 우사*

길가에 풀잎도 나무도 미풍에 흔들흔들
바람은 구름을 흔들고 구름은 달과 별을 흔든다

흔들림은 중심을 복원하려는 우주 자연의 현상
바람은 그 중심을 바로 잡아 세우는 주체

바람은 세상의 순리를 이끄는 자연의 4대 천왕
꽉 막힌 세상의 숨통을 시원하게 터주는 소통의 신

자연은 바람의 에너지로 들숨과 날숨을 쉬지
풍백은 그 중심을 지켜내는 자연의 파수꾼

모든 게 다 바람의 신 풍백과 운사와 우사의 덕분
나 언제 날 한번 흔들어 보일 수 있을까

*풍백(風伯), 운사(雲師), 우사(雨師) : 단군신화에 보면 환웅이 거느린 풍백(風伯), 운사(雲師), 우사(雨師)가 나오는데 이와 관련이 있다. 풍백은 바람이요, 운사는 구름이요, 우사는 비다. 이 셋은 자연 만물을 생장 발육시키는 중요한 절대적 3요소.

중심의 중(中)

세상엔 중심을 잡아주는 경계가 있으니
빛과 어둠, 동과 정, 선과 악, 좌와 우 양극이 존재하네

저들과 그들 그들과 이들의 마음에도
각각의 경계가 있고 그 경계가 관계의 중심을 잡아주네

절대 흔들 수 없는 유일한 존재 중(中) 있으니
세상에서 가장 완벽하고 온전한 존재이네

그 온전함의 중심엔 천명지위성의 근본이 있고
그 중은 억겁의 시간이 지나가도 깨지지 않네

전생과 이생의 오감도 팽이처럼 그 중심을 잡고 돌아가네
천지를 운행하는 중 그 어디에도 종속되지 않는 중

그건 바로 영(○) 너뿐인가 하노니

문명의 신

문명에선 취한 밤도 눈부신 대낮이다
현대가 낳은 문명의 창조주 머신

자본은 문명을 낳고 문명은 머신을 낳고
머신은 몸으로만 말하고 살아가는 생

머신은 양수도 없이 대량의 생명을 푹푹 잘도 낳는다
그저 몸으로만 말하고 살아가는 생산의 달인

머신의 머리엔 지배와 통제의 칩이 있다
인간의 머리에도 그 머신의 칩을 심자

21세기 미래의 인간으로 살려면 어쩔 수 없는 일
인류는 절대 강자 문명의 신과 오늘도

어쩔 수 없는 동거 중

네모의 문명

인류의 문명은 동그라미로 시작했지
지구도 둥글고 하늘도 둥글게

원 안에 용정처럼 숨겨진 네 개의 변이 각
변이 각이 진화하고 네모로 가득 채워진 세상

두부모와 바둑판 같은 네모의 블록들 네모의 길
이처럼 네모의 빌딩 숲과 네모의 컴퓨터에서는

끝없이 네모의 문서가 만들어지고
네모의 블록들이 하늘과 땅을 점령해 간다

네모에게 자꾸 자리를 내어 주는 원(○)
원으로 살다가 원으로 돌아가야 할 원들

손톱만 한 반도체에서 주검의 흔적까지도 끝내
모두 네모에 갇힌 문명

뉴턴의 법칙

세상의 모든 사물은 법칙 속에 존재한다
오기만 하고 가지 않는 거 가기만 하고 오지 않는 거
오지도 않고 가지도 않는 거 그건 모두 뉴턴 운동 법
칙의 태클을 거는 거지

법칙에는 사계처럼 감이 있으면 옴이 있다
원인이 있고 결과가 있는 것은 당연한 거 결과만 있고
원인이 없는 것은 반칙 모든 결과엔 반드시 원인이 있
고 모든 원인엔 반드시 결과가 따르는 법

미소엔 기쁨이 오고 분노엔 괴로움이 온다
오감의 피드백은 우주 자연의 메커니즘 공명의 피드백
이 내 안에 들어올 때 생의 호흡이 깊어지는 평온함이다

오감의 법칙에선 그 어떤 문장도 자유롭지 못하다
관성의 법칙 가속도의 법칙 작용과 반작용의 법칙에
따라 세상 모든 사물의 생과 사는 뉴턴 운동 법칙에
갇힌다

시간도 정해진 관성의 법칙에 따라서 오가는 생
과거와 현재 그리고 미래까지도

식목일에 불벼락-1

속초, 강릉, 고성, 인제 동시다발 불벼락
이 어찌 된 까닭인가

화마의 공중 유희 공포의 불꽃놀이
태백준령 처참하게 할퀴고 간 양간지풍

검게 타죽고 찢겨나간 봄의 새싹과 희망들
원망도 아픔도 모두 잊은 까만 숯덩이다

여의도 정가에 쌈박질 참다못한 하늘
그 꼴 보기 싫어 정신 차리라 내린 불호령

검게 타버린 갈맷빛의 새싹과 희망들
다시 민심으로 환생할 수 있으려나

중도(中道)

중도에선 모든 게 영(○)이다

세상 모든 자연은 이별 앞에서 속수무책이듯
하루에도 수십 번 수백 번 만남과 이별을 하고도 영은

많고 적음, 길고 짧음, 기쁨과 고통 그리고 선악도
일체가 동요 없는 평정의 문장이 아닐까

슬픔과 기쁨 괴로움과 즐거움의 감정도 모두 무색무취다
인간의 희로애락 모두를 탓하지 않는 무심이다

이처럼 중도 안에선 자연의 모든 생로병사가
반야의 공(空)인가 하노니

처용탈

하늘에 신기루 무지갯빛 빨주노초파남보
땅 위에 인간들 붉으락푸르락 부끄러운 모습

수시로 바뀌는 위장술에 달인 카멜레온
붉어졌다 노래졌다 파래졌다 검어졌다 하얘지는 가탈

모두 익숙해진 가면무도회 뮤지컬 배우의 열연
모두 변향을 꿈꾸는 네 탓 내 탓의 변절자

난 아직도 나의 색을 모른 채
덧칠만 하는 무동(舞童)

처용탈을 쓴 더펄이

동그라미의 산란

내 가슴 속 동그라미 하나

거꾸로 투영된 음양의 피사체가 뒤엉킨 밤
한껏 앙다문 동공의 초점을 잡아 흔들고 있다
때 없이 부는 왜 바람과 그믐밤의 천둥소리
찰나의 섬광이 번쩍거리는 그 의미를 알까

뜨겁게 펌프질해야 할 대자연의 심장
검게 그을린 월식처럼 산란의 고통은 쓰리고 아리다
마침내 억수같이 쏟아붓는 심원의 격정 한가운데
산란의 아픔을 쏟는 동그라미는 기쁨이다

대지 위를 뛰어노는 너의 웃음소리
말 못 하는 애월의 강은 동그라미로 넘실넘실
깔깔깔 껄껄껄 박장대소하는 승무의 파노라마
가자가자 동그라미의 천국 엄마의 바다로

그렇게 잠들고 깨어나는 생의 근본

유통기한

맛과 향기를 잃어버린 건 복숭아 사과만이 아니다 유통기한이 지난 그럴듯한 인간관계도 있지 서로의 신뢰와 감정이 검게 썩고 문드러져서 형체를 알아볼 수가 없고 고약하게 썩어버린 우리의 진선미

이제 그런 맛은 제맛이 아니다 다시는 입에 넣고 싶지 않은 다시는 만지고 싶지 않은 다시는 닮고 싶지 않은 눈 코 입 귀 그리고 찌든 가슴일 거야

우리 사이에서 그토록 아끼고 좋아한 명작의 문장 단 하나의 사랑 그 사랑도 동굴 속 석순처럼 커가고 있었지 팔딱팔딱 심장이 살아 숨 쉬고 있을 때 눈빛이 광채가 날 때 진즉 진공포장 꽁꽁 얼려 냉동고에 보관했으면 좋았을 걸 후회를 해보지만 이미 따사로운 온기는 오간 데 없고 찬바람만 쌩 얼굴을 스친다

바보 같은 우리 유통기한 끝난 우리 또 한 생의 한 겁이 지나야 운 좋게 재회할 수 있을 소중한 인연의 명품들 아직 밥맛이 있을 때 살맛이 있을 때 유통기한이 남아 있을 때 서로 아끼며 소중함을 알자

이별의 단상

천지창조가 있었던 그 '때' 부터다
그 누구도 간섭할 수 없는 유일한 존재

때에 맞춰 낮이 되고 밤이 되는 것처럼
때에 맞춰 흐르는 물처럼 바람처럼

적시 적합에 맞춰 행하고 맞춰 멈추는 일
때는 이렇게 자연의 섭리와 순리가 이끌어가는 힘

오래전부터 음양으로 그런 '때' 있었기에
불현듯 닥칠 인연의 부재도 숙명처럼

거기까지만 오고 가면 되는 별
그런 두 별이었으면 좋겠다

반의 미학

중심에선 영(0)도 하나의 반이다

멀리 보일 듯 말 듯 희붐한 빛 같은
곁에 있는 듯 멀리 있는 듯 불가원불가근 같은
들리는 듯 안 들리는 듯 귓전을 맴도는 청각의 눈치
같은

가는지 오는지 웃는지 우는지 덤덤한 문장같이
달콤하지도 향기롭지도 않은 부담도 절반의 미향같이
미로의 중간에서 미완과 부재의 시간을 더듬는 첨병같이
불만에서 만족으로 부족함에서 채움으로 가는 긍정같이

온전한 하루가 밤과 낮이라면 밤낮이 반반이다
온전한 삶이 웃음과 눈물이라면 웃음 반 눈물 반이다
이 반반의 교집합이 없으면 무의미한 미완의 하나
반반은 하나의 완성을 이끄는 두 수레바퀴의 주역

반에는 경계가 숨어 있다
마치 만남에 이별이 숨어 있듯이
반이 없으면 온전함은 절대 불가이듯이
반으로 살아가는 음양과 부부의 삶이 그렇듯이

장미의 아름다움도 절반의 미학일 뿐
온전한 하나도 반반이 있었기에 이룰 수 있는
하나의 완성

꼬부랑 할머니

삶이 뭔지
저기에 꼬부랑 할머니
달팽이 등에 큰 물음표(?) 하나
짊어지고 길 간다

아마도 삶이 뭔지
그걸 알 수가 없어서일 거야
끝내 그 물음표(?) 하나
내려놓지 못하네

하지만 난 묻지 않으리니
삶이 뭔지
그걸 꼭
알아야 하는 건 아냐

어쩜 그냥 그렇게 사는 게
답일지도 몰라

천하무적 너-1

세상에서 제일 무서운 너
눈에 보이지도 않는 너
넌 만져볼 수도 없지
넌 늘 곁에서 생사고락을 같이하지

언제 어디서 어떻게 태어났는지
어디서 어떻게 사는지도 난 몰라
다만 내가 깨어 있거나 잠들어 있을 때도
항상 내게 딱 붙어있다는 거 밖에는

네가 누구인지 넌 말하지 않았고
목적이 뭔지도 말해주지 않았다
그렇다면 조물주께 내가 직접 묻는 게 어떨까 생각하는데
“조물주께서 나도 잘 모르겠다”라고 하실지 몰라

궁금한 내 마음 어쩔까나
어휴 미치겠다

천하무적 너-2

세상에서 가장 무서운 건 너
무슨 천형 같은 형벌이 있기에 그렇게 침묵만 하나
그토록 말을 잊고서

빌어먹을 놈의 고집불통
그럼 좋다 너는 너대로 나는 나대로 간다
이 세상 끝까지

그때 가서 아는 척하지 마라
이미 기차는 떠났고 다시 돌아오지 못한다는 걸
너도 알지

"거자불추 내자불거"라 했나
그러면 나처럼 눈물 마를 날 없을지 몰라
알겠니 이 나쁜 놈아

모든 게 다 너 때문이다

천하무적 너-3

세상에서 제일 무서운 너
천하에 너를 대적할 상대는 없지

너를 떠나 사는 자연의 생명은 없지
네가 있기에 우리 모두 온갖 슬픔 잊고 산다
네가 있기에 여기에서 저기로
또 저기에서 이리로 오가는 거지

네가 있어 함께한 추억들
그래그래 그냥 이대로라도 가보자
아마 내세에도 너와 함께할 게 분명한데
하지만 난 밉살스러운 네가 좋다

그리고 여기까지 온 것도 모두다
네 덕인 줄 알아

천하무적 너-4

육십 평생
내 삶의 초를 친 것도 너
남북 분단의 아픔을 조장한 것도 너
시시각각 세상 시끌벅적하게 한 것도 너지

하지만 고단한 일상의 위로가 된 것도 너
밤하늘 월광의 잔연함도 그대가 빚은 걸작이란 걸
우주의 등댓불 해님을 낳은 것도 너
무한의 길을 가면서도 지칠 줄 모르는 너지

너의 등 뒤로 새겨진 세월의 흔적 보면
그 아픔, 그 상처 형언하기 어려운 심사
하지만 오늘 밤도 난 너와 같이 조용히 눈감고
널 품어 내일의 행복과 꿈을 꾸리니

내 생의 도반 널 두고 어딜 가리
우리 함께 가자

따지지 않기로 했다

살다 보면
따질 일 참 많기도 하다

일상의 사소함에서부터 특별함까지
따져보면 따질 일 부지기수다

흑백은 흑백대로 관계는 관계대로
마치 닭이 먼저냐 알이 먼저냐와 같은 논쟁의 담론들

따진다는 건 쉽기도 하고 어려운 일
또 어렵기도 하고 쉬운 일

마음 바다 세상 풍파 출렁임이 올 때
잔잔하던 물결 점점 거세져 노도같이 출렁일 때

안 따지자니 오장육부가 부글거리고
따지자니 뒤틀림과 두려움이 앞선다

문제는 따질 일이 세상에 너무 많다는 거다
그거 다 따지다 흔적 없이 사라질지 모를 생

짧디짧은 인생살이 그렇게 낭비할 순 없지
시간 흐르면 다 알게 돼 따지지 않아도

그러니까 꼭 알아야 하는 것도 아냐
그냥 그렇게 지나가면 돼 시간처럼
따지지 말고

그렇게 살자

바람이 불면 부는 대로
안 불면 안 부는 대로

비 오면 오는 대로
안 오면 안 오는 대로

더우면 더운 대로 추우면 추운 대로
그렇게 인정하며 살기로 했다

안양천 변 풀밭 개망초에 앉았던 물바람이
저만치서 그런 나를 보고 미소를 짓네

들풀들도 그렇게 살자고
내 발길 닫는 곳마다 따라다니네

살랑살랑 춤을 추네
그렇게 살자고

4부

바람이고픈 나무

중(中), 하늘을 난다

아득한 절해고도에선
잠든 밤도 중(中)의 소리를 듣는다

태곳적부터 천지를 뚫고 나온 중
침잠의 늪 고요를 일으켜 세우는 풍백과 운사와 우사

휑하니 뚫려버린 무명의 공허함은 네가 들고 난길
서슬 퍼런 격랑의 소용돌이에 쇠고랑을 채우는 담도

날 선 빗장에 포로가 되어 항변하는 고옥의 신념
견고한 한 중(中), 새롭게 타설 하는 마하반야바라밀다

간각의 죽비처럼 한바탕 심장을 후려치고 나면
무아의 중성(中性)은 또다시 경전의 날개를 달고

오온의 하늘을 난다

이놈의 세상

한국의 출산율 0.86명 또 역대 최저치다
6.25동란 때 아군이 낙동강까지 밀린 것도
중공군의 인해전술 때문이었지
어느 나라든 인구가 국력이라는 데
국력이 차고 넘쳐야 생산과 소비 힘차게 돈다
인구 감소와 내수 감소는 국력 약화의 원인
필요한 만큼 만들고 만든 만큼 쓰는 게 순리
사람도 간만큼은 와야 팔도강산 현상 유지할 수 있지
쌀도 먹고 남아야 살림살이 늘고
인구 팍팍 늘어나야 미래가 활짝 열리지
그런데 어쩌자고 미래의 자산 우수수 뚝뚝
문명의 바다 세상 풍파 소용돌이에 빙빙빙 하늘이 돈다
사람은 천지 만물의 근원
근원의 감소는 본질의 감소
본질의 감소는 가치의 감소
가치의 감소는 내버려야 할 폐품 같은 존재
간만큼 오고, 온 만큼은 가는 게 자연의 순리
강물도 흘러간 만큼 채워져야 바다로 간다
어지럽게 돌아가는 답답한 세상 보고 계신 조물주
어찌해야 할꼬 어찌해야 할꼬
이놈의 세상

바가지 깨지다-1

바가지는 깨져야 바가지다
깨지지 않는 바가지는 숨 막히는 무변의 극치

바가지 또 다른 세상으로의 접안을 모색하는 인고
어느 때 산산이 부서져 별빛을 타고 은하에 닿을까

산산이 찢기고 부서진 파편은 한 마리의 나비처럼
쌩하니 허공을 날아 환생을 꿈꾸는 호접지몽

무명 배우의 투박한 방백의 소리처럼 허공을 나는
헛꿈의 바가지는 날개를 접자

그건 꼼짝달싹할 수 없는 무기력의 비상탈출구
“탁” 하고 한 번 깨져보면 알 일

바가지 깨지다-2

“빠지직” 하고 깨지는 바가지의 비명

너를 둘러싼 폭소의 관객들
비로소 카타르시스를 맛보는 환호라

깨질 수밖에 없는 불편한 진실과의 대면도
마침내 존재의 마침표를 찍는다

넌 세상의 분노를 삭여내는 순교자
세상의 분노 앞에서 너처럼 순한 양은 없지

자신의 깨어짐이 누군가의 타오르는 분노를
도량 넓게 받아주는 따뜻한 아량과 희생이 된다면

깨어짐에 간각을 허허로운 티끌로 날려버리고
새로운 숨결로 새 질서를 회복할 때

넌 다시 박꽃의 풋풋하고 해사한 허릿매로
환희의 새벽을 열리라

독초

칸트의 행복론처럼

할 일이 있고 사랑하는 사람이 있고
미래와 희망도 있거늘

이토록 아리고 쓰리기만 한 건 왜일까
어쩜 불완전한 이 생의 가슴에 싹튼 독초일지 몰라

명약처럼 믿고 먹었던 만병통치약 사랑
아~ 그 달콤한 사랑이여

참말로 정품이 맞는다던가

하이에나의 눈물

생의 끼니를 채우기 위해
주어진 시간의 뿌리까지 다 갉아 먹고도
건밤은 여전히 헛헛한 울음

먹는다는 건 살아야 한다는 것에 본능
하이에나처럼 물고 뜯고 피투성이 되는 일
누구나 태어나면서부터 엄마 젖무덤 찾아 응애응애
울고불고 강다짐으로 지쳐 잠들었던 유년의 꿈

살아오는 동안 온갖 설움 세상살이
다 눈물로 씻겨갔을 법도 한데
아직도 비릿한 고기 한 점을 찾아 배회하는 절망은
여전히 갈급한 문장이 되어 북풍처럼 살천스럽게 울었다

꿈속에서조차 잠들지 못하는 그 눈물
어쩜 도두뛰지 못하는 생의 애착

알고리즘의 시대

G2 간 무역 전쟁의 첨예한 갈등
포성과 포화 없는 공포의 도가니다

하지만 그보다 더 무서운 건
정체를 드러내지 않는 알고리즘의 진화

끝없이 진화하는 알고리즘에 점령당한 인류의 문명
이미 삶의 영역을 점령당한 지 오래

과학 문명의 DNA로 숙주가 된 최강의 지배자
인간과 신 그 사이 또 하나의 영역을 재편하는 지배자

과연 인류는 어디서 어디까지 버틸 수 있을까
두려움과 한계를 느끼는 4.0의 인류

이미 새로 등극한 문장의 달인 천재
챗 GPT, 인기 참으로 뜨겁네

문

문 앞에선 취한 밤도 번쩍 정신이 든다
낮과 밤 그리고 연민의 정도 모두 갇히기 때문이다
어둠에 갇힌 밤은 낮과 만날 수가 없다
빛은 낮이어야 비로소 수억만 리 빛을 타고 승천할 수
있다

문은 열릴 수도 있고 열리지 않을 수도 있다
문은 열림과 닫힘 양가성의 본성이다
필요에 따라서 열리고 닫히는 가변성의 문
때에 따라선 낮도 갇히고 밤도 갇히는 문

문은 안과 밖의 또는 여기와 저기의 경계를 관장하는
주체
그 경계 너머로 상하좌우의 맥박이 뛰고 숨결이 넘나
들고
음과 양 두 성질이 자유로이 넘나드는 문
그 문을 통해 자연은 희로애락을 낳는다

경계를 허무는 문 음양을 내통할 수 있는 문
우리 사이에 그런 문이 있을까

자유분방

대설에선 취한 눈발도 군기가 든다

길가에 종종걸음으로 팔랑이던 낙엽이
생의 전성기를 추억하며 쓰린 가슴 속 빗장을 걸었다
파삭거리던 애증의 결핍도 철 따라 떠난다

계절 따라서 오가는 나뭇잎 새들
풍속 따라서 피고 지는 미학의 문장들
인정 따라서 오가는 희로애락

모든 게 때에 맞춰 오고 가는 세상사
때에 맞춰 피고 지는 꽃 철모를 리 없건만
담장 너머 개나리꽃 처연한 눈길 애처롭다

그래 꽃피는데 어이 철이 있으랴
피고 싶으면 피고 웃고 싶으면 웃는 거지
가고 싶으면 가고 오고 싶으면 오는 거지

그게 진정한 페르소나

시인의 길

시인이 시를 쓰고 시를 읽는 일은

백옥같이 희고 튼실한 치아로
견고하고 딱딱한 세상살이 설움 크게 한 입 베어 물고
그 맛을 알 때까지 물어뜯는 사유

잘근잘근 곱게 씹어 꿀꺽 삼키고
오장육부를 돌고 돌아 미자바리에 다다를 때까지
씹고 씹고 또 씹고를 반복하는 생의 되새김질

먹을 것과 못 먹을 것을 분별하고
볼 것과 못 볼 것을 경계하고
가야 할 길과 가지 말 길을 알아차리는 사유의 나침판

입을 통해 나온 말과 문장의 쓰임을 책임지는 일
어둠에서 빛을 찾아가는 외로운 전사이리니
시인은 문장에 죽고 문장에 산다

꿀떡개가 피워낸 꽃

아무도 살지 않는다는 땅끝마을 꿀떡개
오래전 그곳에 엄청난 일 있었다지
그때 까마득한 기억 잊으려 바다는 저렇게 철석철석
물살의 비늘을 벗기며 하염없이 딴청인가

한자리 앞바다 가로지른 고천암방조제 길
붉게 분칠하며 구르는 자동차 바퀴 설렘은 붉고
내 엄마의 젖가슴처럼 봉긋한 언덕배기 그 아래
파릇파릇 청보리밭 한 떼기 꿈꾸듯 누워 발편잠이루네

욕망 비운듯한 물웅덩이 명경지수 사색에서 깨어나고
옛 주인의 발걸음 인기척에 미라가 된 유년의 꿈도 벌떡 일어났네
수면 위 잔잔한 물결 은빛 미소로 반겨주고
철썩철썩 숨 가삐 달려와 안기는 물바람 짙은 포옹이다

어언 반세기 가슴에 품은 꿀떡개의 아련한 전설
잊은 듯 못 잊은 듯 아득한 난바다 물마루 가물가물한 데
갯바위에 부딪히는 포말들은 재잘재잘 마냥 정겹다

아버지의 그리움으로 피어난 꿀떡개의 꽃
그 이름 불도화

꿀떡개의 전설

해남 땅끝마을 꿀떡개
그곳에 아무도 살지 않는다 누가 말했나

오래전 까마득히 잊힌 기억의 몹쓸 해일
시인의 유년과 아버지 염전을 싹 쓸어갔다지

짱뚱어와 화랑게 고둥들이 뻘밭을 들락거리고
일렁이는 청보리밭엔 동경과 그리움 싹텄지!

우물가 물바람의 절친 보리수 두 그루
크게 똬리 틀고 앉아 망망한 바다의 시간을 엮어내는
그곳

고기 잡던 아버지와 철모르던 딸 클레멘타인 노랫소리
잔잔한 추억의 메아리로 살아 팔딱이는 그곳

그곳 바닷가 언덕엔 아직 시인의 놀이터 의자 바위 있고
햇볕과 물바람 염소 풀 뜯던 뒷동산도 여전히 푸르다

시인의 숨결이 살아 일렁이는
그곳 꿀떡개

고사목의 항변

방태산 능 마루 위 고사목 한그루
허연 몰골로 보아 생을 마감한 지 이미 오래다
수십 년 한 생을 뿌리내렸을 명당자리
"윙윙" 귓전을 울리는 저 재넘잇 바람

두 손 모아 서로 등 기대고 서서
"와이(y) 와이와이"를 온몸으로 외쳐 묻는 소리
밤낮으로 묻고 또 따져 물었을 간절한 저 소리
고사목의 간절함이 저 하늘 끝 심장에 닿았을까

길짐승 날짐승 다른 생명처럼
오감에 자유를 박탈당한 채
오로지 그 한자리에서만 한 생을 살도록 한 것은
어쩜 조물주의 헤살다운 숙명의 항변일지 몰라

그래서 죽어서도 저리 와이(y)를 외친 것은
그 이유 때문이란 생각이 들었지
그러나 지금 바람처럼 스치는 나의 얄팍한 지성이
그 깊고 깊은 뜻을 헤아릴 수 있으리오

천지창조 조물주의 뜻을

고사목의 기도

방태산 능 마루 위 고사목 한그루
가부좌를 틀고 입정에 들었나

자신의 앞을 오가는 발길들을 향해
갈맷빛 장삼도 걸치지 않은 알몸으로 말하기를

내 몰골이 흉측해도 겁낼 필요는 없어요
내 처지가 안쓰럽고 측은해도 그냥 지나치면 돼요

그대들이 그대들의 삶에 의문을 품고 있듯이
나 또한 내 삶에 의문을 풀어보려 함이니

그 해답을 얻고자 정진에 정진하는 것일 뿐
그 해답을 얻기 전 여길 떠날 수 없는 것일 뿐이지요

하여 비가 오나, 눈이 오나, 바람이 부나
예서 이렇게 사시사철 밤낮없이 간절한 기도 중이지요

어찌하면 저 하늘 끝에 닿을 수 있을까요
나무아미타불 관세음보살

바람이고픈 나무

나무의 생은
자유를 포박당한 말뚝 박힌 뇌옥

뇌옥을 벗어날 때
자유는 구름의 환희를 노래할 수 있다

하늘과 땅 바다에 사는 모든 생명
걷거나 뛰거나 기거나 날거나 헤엄치면서

숙명 같은 삶의 여정에
희로애락을 경험한다

바람은 이곳에서 저곳으로 나그네가 되어
현재에서 미지의 꿈을 찾아 떠나는 유랑자

자연 만물의 희로애락을 실어 나르는 봉사자 풍백(風伯)
바람이 되리라 바람이 되리라

나는 자유로운 영혼으로 바람이 되어
파란 하늘을 비상하리라

나무의 화두

봄 여름 가을 겨울
사계의 욕망 뒤로

능사의 탈피처럼 절절(節節)히
허물을 벗는 간각

나뭇가지마다 놓지 못한 화두 하나 와이(y)
순록의 뿔처럼 고개를 치켜든 고해성사다

배설이 난무하는 우주의 삼라만상
동안거에 쌓이는 적막의 맥박

깨달음은 없고 늘 딴청만 하시는
천지창조 하나님

낯선 경전에 낯선 조물주
낯선 공염불

어찌하라

본래 한 모습의 구름은 없다
한 자리에 머무는 구름도 없다

본래 한 모습의 바람도 없다
한 자리에 머무는 바람도 없다

본래 한 모습의 물결은 없다
한 자리에 머무는 물길도 없다

본래 한 모습의 진리는 없다
또한, 영원한 진리도 없다

그토록 아름다운 꽃도 피고 지고 없다
영원한 진리도 인연도 없다는데

오직 내 안의 한사람 어찌하라 그 자리에
나를 이토록 가두고 있는가

갈맷빛의 꿈

그곳에 오르면
청초하고 맵시 좋은 순수의 문장이 일어선다
그 문장의 비늘 속엔 시어를 낳는 자연의 입술이 있고
그 입술에 담소는 숲을 이룬다

그곳에 오르면
초록빛 살찌우는 햇살이 있고
밤이면 별빛 헤아리는 고요가 있고
물소리 새소리 바람 소리가 다정히 손을 잡는다

천년의 시간 품어낸 너럭바위 하나
오가는 불청객 잠시 쉬었다 가라 자리를 내고
왜바람 골바람 솔바람 한바탕 신바람으로
어울렁더울렁 놀잔다

세찬 비보라 매얼음을 견뎌낸 갈맷빛
청초한 시어들이 스멀스멀 눈물겹게 되살아나고
갈맷빛의 꿈 비로소 장자의 호접지몽처럼
청록의 나비가 되어 창공을 나네

빛으로 가라

우린 빛이다
生을 번뜩일

아침 햇살에 눈 부신 미소로 깨어나고 잠들고
또다시 깨어나고 잠드는 영롱한 아침이슬

아득한 날에 훨훨훨 창공에 메아리로 날아오를 깨도
은하수 너머에 본향 그곳으로 귀의할 빛

그래, 아차 하다 맞은 생
아차 하다 종 칠 마침표일지 몰라

잠시 번뜩이는 찬란한 섬광
그래 빛으로 가라

5부

의식의 미로

그곳에 가면

그곳에 가면
꼭 만나야 할 사람 있다

이른 아침 간밤에 기억을 더듬는 해무
선뜻 일출을 허락하지 않고 있다
바닷가 각진 콘크리트 난간 위 홀연히 올라앉아
고정된 시선으로 일출에 출현을 타협하는 그 사람

해무와의 한판 기선 싸움에
납작 엎드린 파도는 숨죽이고
그 사람 난간 위 기둥 방패 삼고 기대앉아
비장한 임전무퇴의 침묵은 아득한 수평선을 가른다

그곳에 그 사람 있어 난 그곳으로 간다
더디게만 떠오르는 일출은
이 마음을 아는지 모르는지

영일만에선

그곳에 가면
취한 밤도 벗이 된다

그의 깔깔거리는 박장대소를 볼 수 있고
넘실대는 파도와 춤추는 것을 볼 수 있고
뜨거운 눈물을 닦아주는 해풍을 볼 수 있고
모래톱에 새겨 넣은 하트를 찾을 수 있을 것 같다

모래 무덤 곳곳에 숨겨놓은 사연을 찾을 수 있고
그 사람의 고독을 달래주던 파도를 볼 수 있고
그 사람의 따뜻한 발자국과 고뇌의 흔적을
그곳에 가면 볼 수 있을 것 같다

영일만의 밤은 외롭지 않은 벗
난 날마다 그곳으로 간다

페널티 킥

나에겐 혼자 하는 규칙이 있다

날마다 꾸역꾸역 채워 넣는 혼밥이 그렇고
날마다 행사처럼 치르는 문장 만들기가 그렇다
내겐 의무처럼 시간의 행간을 땜질하는 규칙

먹고 배설하는 건 내겐 매우 중요한 생의 퍼포먼스
자위하듯 채우려는 욕망의 갈증을 토닥이면서
모두 혼자 하는 일이다

그러나 누군가를 사랑하는 일은 혼자 불가능해
나의 애틋한 고독에 대해선 4대 성인도 딴청이시고
아무리 긴 시간이 흘러도 치유되지 않는 페이소스

결국 내가 자초한 회복 불능의 페널티 킥
실축하기만을 바라는 요행의 마음은
참으로 이해할 수 없는 아이러니

너의 부재

너 없는 자리에 난 내가 아니었다
알 수 없는 너의 부재를 묵묵히 지켜준 침묵이었지
그 침묵의 숨소리를 따라 밤하늘에 수많은 별은
깨어나거나 잠들거나 술래잡기를 하며 놀았다

아득한 물마루 너머에 솟구치는 일출도
가늘게 떨리는 너의 숨소리 심장 소리도
반짝이는 영일만 해안가 모래톱 넘나드는 바람 소리도
모두 너의 부재를 지켜낸 파수꾼이었지

하지만 넌 아직 미지의 유랑에서
기약 없는 귀환을 위해 초침의 채찍질하는 중이고
너의 뜨거운 숨소리가 내 귓전에 내려앉고 있음을
파도 소리로 일깨워 주고 있음은 무료치 않아

간간이 너를 잊을 때도 있었다
어디쯤엔가 말발굽 소리처럼 힘차게 달려올 널 생각하면
내 삶의 전부를 눈물로 채워도 좋다 그런 시간이
우리의 감당한 아픔만이 아니었음을 알아

하지만 기약 없는 부재가 끝나기를 학수고대하던
도반의 침묵이 영원히 잠들지도 몰라

바다의 피아니시모

바다가 나를 향해 소리쳤다
당신이 얼마나 미쳐버리고 싶은지 말하려거든 당신의 심장에 벌레처럼 꿈틀거리는 욕망과 그 애절함에 대해 말하려거든 검푸른 바다가 오열하는 순백의 포말이 소용돌이치는 이리로 와요

당신의 애끊는 가슴 저미는 아픔과 애간장 그리고 인생의 어깃장에 항변하려거든 집채만 한 노도가 대륙을 삼킬 듯이 일렁이는 바다 이 바다에 "날 받아줘"라고 직접 큰 소리로 말해요

그런 당신의 모습이 바닷물 은빛으로 출렁일 때 난 당신의 그 말들을 낱낱이 기억했다가 내가 또다시 태어나기 전 엄마 배 속 양수의 출렁임처럼 피아니시모로 웅얼웅얼 노래할지 몰라요

그게 아니면 높이 솟구치는 파도와 포말의 포르티시모로 박장대소할지도 몰라요 난 이미 강물이 되어 바다로 흘러가고 있고 우린 이미 남남이잖아요 하지만 함께 숨 쉬고 살아온 날들 영원히 잊지 못할 당신의 행운과 행복을 빌게요

두 라면과 두 여인

라면이 먹고 싶은 날

삼양라면 잡으면 안성탕면이 토라지고
안성탕면 잡으면 삼양라면이 삐진다
삼양라면 집었다가 안성탕면을 집었다가 갈등하면
삼양라면, 안성탕면 둘 다 토라진다

그 어색한 분위기는 모두 내 탓
그래서 생각해낸 것이 공평한 마음과 배려다
어디에도 치우치지 않으려는 중도의 마음
한 번은 삼양라면 그다음은 안성탕면

그런데 마음은 여전히 안성탕면 쪽으로 기운다
아마 엄마는 내 마음을 이해할 거야

끌리면

조선 여인의 단아함 그 같은 품격은 삼양라면
조선 여인의 걸크러시 그 같은 품격은 안성탕면

혀끝에서 끌어당기는 미각의 유혹
혀끝의 착 감기는 유혹 뿌리칠 수 없는 마력

유년의 가슴 사무친 내 엄마가 보고 싶을 때면
난 삼양라면을 먹는 날이다

그런데 오늘은 자꾸 안성탕면이 먹고 싶다
조선 여인의 걸크러시

의식의 미로

눈은 내 의식의 초정밀 감식 카메라
카메라 덮개가 지붕보다 무겁게 내려앉은 아침 의식은 새벽부터 일어나 집안을 서성거리고 적막한 어둠은 현실의 부자유를 쫓아 칭얼칭얼 보챈다

내가 가만히 누워서 할 수 있는 건 방안 구석구석 헤집고 돌아다니는 공상을 쫓거나 관념의 경계와 시공을 넘나드는 일뿐 자나 깨나 벗어날 수 없는 견고한 상념에워싸고 있는 질서의 환영과 환상들

사이사이 흐르는 도반의 침묵과 기도의 시간 때로는 길게 때로는 짧게 할딱이는 외마디 탄성 이름 없는 수도자의 묵언수행(默言修行)처럼 고요하고 언제나 깨어 누릴 수 없는 아쉬움의 자유

나 그 밤이 있고 그가 있어 도반의 숨결로 잠들고 깨어나는 시크릿 가든 상념의 바다 오가며 유영하는 자유 자나 깨나 어쩔 수 없는 뇌옥 미로에 갇힌 오늘

형제봉주막

오얏나무 위 잔잔한 구름
무슨 남모를 일 있기에

지리산 형제봉주막에 똬리 틀고 앉아
홀로 막걸리 한 잔 벗하고 있나

형제봉 정상에 올라 칠백 리 황금동 바라보면
도반의 뜰 안 가득 피었을 모란 눈에 들지 모를 일

하지만 나 지금 그대 그리는 생각 곁에서
지난 희로애락의 회포 한 잔의 막걸리로 위로받고 있나니

문득문득 다가서는 취한 문장 속에 넋두리도 가랑가랑
임 향한 뜨거운 눈물 통곡인들 어떠하리오

괜찮다 괜찮다 나 아직은 괜찮다 하면서도
멈추지 않는 그 눈물의 의미는 뭘까

기다림의 기적

기다림, 그 기다림의 시간은
누구든 시인이 된다지만

오지 않는 사람과 그 시간 속에서
얼마나 많은 말을 하고 달려가고 달려오는지
잔인한 절망에 갇혔다가 풀려난 뭉게구름처럼
한껏 부풀어 오르는 기다림은 붉은 노을이다

밤하늘 별과 달 보며 하늘을 날다가
아침 햇살 영롱한 이슬 바라보며 눈물짓다가
미소로 피어나다가 그 기다림을 포기할 수 없는
이유에 대해 독백 같은 고해성사를 한다

얄팍하게 저며진 기다림의 시간
두툼하게 부풀어 오른 목젖의 갈증
뭉텅뭉텅 잡히는 뇌옥의 응어리를 매만지면서
흐릿한 기억의 주파수로 잡히는 선명한 존재 하나

아련한 기억 속에서 해무처럼 다가오는
적막의 시간조차 투명하게 살려내는 페이소스
어제처럼 그렇게 또 내일을 살아야 할 거다
아마 기다림의 기적처럼

훨훨훨

우리 사이엔

바람조차 끼어들 틈이 없이 견고했지
언제까지나 함께 갈 불변의 도반으로
그런 믿음은 긴 사유의 시간에서 찾아낸
경전 같은 깨달음이었을 거야

굳게 잡은 손을 내려놓는다는 거 또한
깊고 깊은 이성의 늪에서 건져 올린 값진 자각이겠지
하늘을 나는 새가 이유 없이 날개를 접는다는 건
아마 그건 열망의 탑을 스스로 해체하는 일

그런데 아직 내겐 그럴 용기가 없어
뜨거운 눈물 만들어내는 아린 심장이 뛰고 있고
깊은 절망에 항거하는 분노와 이성도 남아 있지
무심일체 선견으로 알아차리는 미안함만 남았을 뿐

새털같이 가벼운 여여(如如)의 마음으로 훨훨
날아갈 수 있을 때까지만 기다려주면 안 되겠니
단 하나의 사람아

그냥

눈물이 흐른다

그냥

당신을 생각했을 뿐인데

그냥 그냥

말 못 할 눈물이

주르륵

바람아

남쪽 하늘 저 멀리
매지구름 낮게 몸집 부풀린 이른 아침
푸른 하늘 푸른 마음 앙다문 심사
내색하지 않는 불편함 고요에 젖어 있을 뿐

대지 위 초록의 물결 찰랑찰랑 혹은 넘실넘실
천년의 똬리 틀고 앉은 팔공산 일체유심 성불도
황금동 가로지르는 신천의 물살은 말없이 삼보일배뿐
까딱도 하지 않는 임의 소식은 두문불출

미지의 시간을 따라 흐르는 긴 침묵
적막조차도 잠재운 듯 고요한 삼천리 적막강산
힘겹게 산 넘고 물 건너 팔공산 등마루에 올라선 건들마
동화사 대웅전의 풍경 소리 더욱 크게 흔드는 바람

아침 공양도 거른 채 무슨 간절함이냐
아~ 바람아 바람아 어쩌란 말이냐
오늘은 나도 무척이나 힘들구나

설명되지 않는 이유

굽이굽이 골바람 타고 진격하는
방태산 초록의 물결 힘차고

주억봉으로 가는 길목
일체 유심 성불도 고사목 한 그루

한 방울의 녹혈(綠血)마저도 모두 비워낸 채
무욕 무심의 해맑은 얼굴로 기도를 한다

그 누굴 위한 간절함인가
하늘바라기

선각

한 점의 푸른 속살까지
다 녹여낸 방태산 고사목 한 그루
대들보같이 굵은 뼈대 드러내고 무욕 삼매다

세찬 비바람 헤집고 할퀴었어도
깊게 파인 증오와 원망 오간 데 없고
목화송이처럼 눈부신 꽃 활짝

남김없이 다 내어준 의연하고 당당한 기품
누군가에게 조건 없이 내주었을 그 순정
선각으로 거듭난 진여의 미소

나 아직 그대 아끼고 사랑한다면서도
아프게 살아 증오를 꿈꾸고 있는 위선은
언제 저 고사목 같은 선각이 될까

숯덩이

불판 위에 삼겹살이 지글지글

더 맛있게 먹으려고
이리저리 뒤집고 또 뒤집길 몇 차례

육즙은 불판 위에 건반을 두드리고
사방에 퍼지는 경쾌한 리듬은 달빛소나타다

잠시 달아오른 열정 황홀감에 눈감으니
불판 위 삼겹살 검게 탔다

이 애달픈 가슴앓이 뉘라 알리오
검은 숯덩이

불도화

내가 널 만난 것은
날 만난 것이었어

내가 널 위해 부른 노래는
날 위해 부른 노래였어

내가 널 위해 한 말들은
죄다 날 위해 한 말이었지

내가 널 위해 한 것은
아무것도 한 게 없어

내게 불도화를 가르쳐 준 그대
내 가슴에 핀 불도화

부디부디 시들지 마오

바람의 페르소나

늘 어디론가 떠나야 하는 유랑
바람으로 산다는 건 설렘과 두려움이지
풀숲 숨죽인 채 미동조차 없는 신문지 한 조각
누가 버려졌는지 알 수 없는 구겨지고 찢겨나간 문장

풀 죽은 문명의 언어는 희미한 신음을 토하는 데
출생이 불분명한 왜 바람이 잠시 끌어안고 토닥인다
그러나 오래 머물지 못하는 숙명 같은 바람
산허리를 돌아 미지의 유랑 길에 오른다

너의 발길이 닿는 곳엔 늘 승무의 율동처럼 아린 번민이
우듬지에 걸린 채 웅얼웅얼 무수리 방언 같았지
내가 흘린 눈물도 남모르게 닦아주던 너의 손
아리고 쓰린 배 쓸어주던 치유의 약손이었지

내가 젊은 날 두려움에 떨며 거리를 방황할 때도
삼각산에 올라 심신을 가다듬고 추스를 때도
넌 늘 내 곁에서 내가 외롭지 않게 함께 했었지
바람으로 산다는 건 누군가를 위해 동행하는 그런 걸까

그렇다면 나도 바람이 되고 싶다
너처럼 네 곁에서

대구치

몽니 부린다고 생각하지 마
무지 참고 살았지

못마땅한 내가 네게 좀 태클을 걸었을 뿐
그 기분, 그 맛 좀 어때

의욕도 없고, 밥맛도 없고, 살맛도 안 나고
한마디로 꿀꿀한 기분이겠지 하지만 뭐 어쩌리

너의 진심을 모르는 것은 아냐
그래서 내 마음도 아프다

어쩌다 너의 대구치가 되었는지 모르지만
그래도 생사고락 함께한 도반이다

먼 훗날
불도화로 다시 피어 만날 인연

함께 가자

기억의 세레나데

퇴적의 시간 등 뒤로 희미해져 가는 기억
평화를 지켜내려는 지하 벙커의 문

M16 자동 방아쇠에 검지를 건 초병의 눈은
언제나 내 주위를 맴도는 불길한 액운의 저격수

너의 문에 바짝 기대어 괴발디딤으로 노랠 부른다
하지만 어느 땐 열리고 어느 땐 안 열린다

그럴 때마다 구름 같은 상념은 성층권으로 치닫고
또 한 사유가 죽고 또 한 사유가 태어난다

아득한 기억의 터널 끝에서

행주산성 원조국수집

오늘은 행주산성 잔치국수 먹는 날
신랑 신부는 없고 식객들 줄만 뱀꼬리처럼 길다

빈자리 찾아 마주한 얼굴들 누굴 축하했는지 알수 없고
서로서로 낯 모르는 미소지만 어색하지 않다

잡념 하나 끼어들 시간 없이 스치는 시선과 미소
찬이라야 손바닥 사라에 묵은김치 하나

저마다 알 수 없는 즐거운 미소 입가에 가득
푸짐한 잔치국수 한 그릇이 전부인 성찬

뜨끈한 국수 한 그릇에 따뜻한 희망 품게 되니
저마다 소소한 행복 만면의 미소 가득하다

행주산성 원조국수집에 오가는 식객의 발길들
만사형통 부자 되세요

허공에 시 쓰다
-안양천 변에서 5살 손주와의 대화

안양천 변 둑방길 반환점을 돌 때
꽃녀*가 희태에게 물었다

희태야 힘들지 힘들면 차 타고 갈까?
아니요 할머니 이렇게 씩씩하게 가면 힘이 막 솟아요
그래 그럼 왔던 길 되돌아가도 될까?
네~에 좋아요 할머니

무척이나 할머니를 따르는 유일한 핏줄
지난해까지는 나를 더 좋아한 외손주다

희태야 희태야 이 꽃 좀 봐! 참 이쁘지?
그런데 이거 꺾으면 안 돼
여기 팻말에 '이 꽃 만지면 꽃이 아파요' 라고 쓰여 있지!
네~에 할머니! 그런데요 할머니!
지금 바람이 꽃을 살짝 만지고 갔어요
어! 그랬구나
꽃이 이쁜가 봐요 히히히

다섯 살 손주 꽃길에서
메마른 내 가슴에다 즉흥시를 읊었다
누가 시인의 손주 아니랄까 봐

*꽃녀-필자가 '아내' 를 부르는 별칭.

자연의 법칙

봄 여름 가을 겨울
그리고 또다시 입춘 입하 입추 입동의 순환

때맞춰 오고 가는 사이클
참, 성실한 자연의 절기

저 하늘에 달과 별들
여전히 성실하게 빛나고

변함없는 우주 자연의 질서
여전히 성실한 계절인데

우린 왜 이토록 아리고 시리고 힘든가
허물어진 관계의 법칙

그 때문

반

초판 인쇄 2023년 02월 16일
초판 발행 2023년 02월 22일

지은이 이운묵
펴낸이 유순녀
펴낸곳 도서출판 인문의 숲
기 획 편집부
교 정 편집부
편집 디자인 편집부
출판등록 제 2013-000002호 (2013. 01. 09)
주소: 08640 서울시 금천구 시흥대로53, 3-303
전화: 02-749-5186
팩스: 02-792-5171
메일: inmuns@daum.net

ISBN 979-11-86069-47-9 03810

정가: 10,000원

* 이 책은 국립중앙도서관, 국회도서관 홈페이지에서 검색 가능합니다.